Absurdes und Banales

Alltag mal anders

AF176182

Von und mit Patrick Schraven

Patrick Schraven

Absurdes und Banales

Alltag mal anders

Eine kleine Realsatire

Impressum

Bibliografische Information der Deutschen Nationalbibliothek:
Die Deutsche Nationalbibliothek verzeichnet diese Publikation in der Deutschen Nationalbibliografie; detaillierte bibliografische Daten sind im Internet über http://dnb.dnb.de abrufbar.

© 2021 Patrick Schraven

Herstellung und Verlag: BoD – Books on Demand, Norderstedt

ISBN: 978-3-7528-9766-1

Eine kleine Einleitung

Um zu verstehen, worum es auf den folgenden Seiten geht, ist es notwendig, **mich** zu verstehen.

Man könnte sagen, wer mich versteht, der kann auch durch Null teilen und man hätte sogar recht.

Ich bin leider nicht mit der Gabe gesegnet, dem Alltag gleichgültig zu begegnen. Wo andere schlicht nicht teilhaben an den Absurditäten dieses Alltages, drohe ich fast daran zu verzweifeln.

Es ist beinahe eine Last, das Gesehene aufzunehmen, es in meinem Kopf zu behalten und dort arbeiten zu lassen.

Ich habe mich erleichtert, in dem ich meine Erlebnisse in Sozialen Medien veröffentlicht habe, denn ich war der Meinung, ich sollte nicht alleine leiden.

Freunde und Bekannte haben mich bestärkt, dieses Buch zu schreiben und ich habe beschlossen, dem Ruf der Vielen zu folgen und mich ans Werk gemacht.

Hausmeister und Verkäufer

Ich habe den Zeitpunkt verpasst, an dem viele Berufe neu benannt wurden. Plötzlich war der Hausmeister ein Facilitymanager. Ich habe mir auch nichts dabei gedacht. Aber irgendwann musste ich mal kurz überlegen. Leider tue ich das öfter und es steht mir tatsächlich auch oft im Weg, dass ich mich an solchen Kleinigkeiten hochziehe.

Hier jedoch habe ich allen Grund gesehen, mich darüber in Gedanken zu werfen.

Ich kenne eigentlich nur einen Hausmeister. Den meiner Schule, der immer mit seinem schneeweißen Haar und seinem grauen Arbeitskittel am Schultor stand und die Schüler anmeckerte, wenn sie nicht vor dem Schultor vom Fahrrad stiegen. Dabei war er stets auf seinen Besen gestützt. Vielleicht hatte er ein Rückenleiden oder er wollte sich vielleicht nur bewaffnet sehen, falls einer der Schüler, die er um 07:30 Uhr anvisierte und nur darauf wartete, dass dieser sich nicht an die Regeln hielt. Regeln, die nur Hausmeister gemacht haben konnten.

Niedergeschrieben auf mittlerweile vergilbtem Papyrus, verschlossen in einer Staubbedeckten Kiste mit einem dicken Vorhängeschloss. Der heilige Gral der Pausenhofregeln, weitergegeben von Generation zu Generation... Ein gut gehütetes Geheimnis. Über Jahrhunderte war der Hausmeister der Hausmeister, egal, ob er bei den alten Ägyptern nach Feierabend in der Pyramide das Licht ausgemacht hat, oder er eben hier vor mir stand und mich aufforderte, mir den losen Schnürsenkel zu binden, da er „keine Verantwortung übernimmt", wenn ich stolpere und falle. Es war IMMER der Hausmeister.

Jetzt also Facilitymanager. Ich habe mich gefragt, ob sich diese Menschen besser fühlen, jetzt, wo sie Manager sind. Erdacht wurden diese Bezeichnungen, damit man eine international gültige Berufsnennung hatte und eine Aufwertung des Berufes bewirkt werden sollte. Vielleicht sollte man ihnen einfach ein faires Gehalt zahlen. Denn ein gut bezahlter Hausmeister fühlt sich vielleicht besser, als ein Mindestlohnbeglückter Facilitymanager.

Ich bin Verkäufer. In einer Bäckerei. Ich heiße auch Verkäufer. Ich bin nicht einmal Bäckereifachverkäufer, weil ich nicht vom Bäckereifach bin. Ich fühle mich nicht schlecht mit der Berufsbezeichnung. Welche Änderung könnte denn Sinn ergeben?

Backwarenvollsortimentsherausgabebe vollmächtigter vielleicht.

Aber will man das?

Meine eigentliche berufliche Heimat habe ich übrigens in der Küche, genauer gesagt in der „Kalten Küche". Man bezeichnet meinen erlernten Beruf als Koch. Einfach Koch. Da macht man jetzt nicht so viel falsch mit.

Koch und nicht Lebensmittelgarzustands-veränderungsbeauftragter – Fachrichtung Salat.

Ich bin vielleicht zu alt, um das Ganze zu verstehen, deswegen werde ich mir jetzt freshly grounded Coffee aus unserem Bean-to-Cup Coffee Maker gönnen, um das ganze sacken zu lassen.

Dirty Dancing oder „Ich habe einen Eisbergsalat getragen"

Ich musste heute echt mal verstärkt überlegen...

Bin ich der leicht abgedrehte, eher skurrile Typ und alle um mich herum sind normal?

Oder bin ich der normale, der, wenn er das Haus verlässt quasi das Planschbecken des Lebens betritt, wo es immer den einen gibt, der ins Becken schifft?

Ich war beim Discounter meines Vertrauens. Schnell rein, das Produkt der Begierde gegriffen und dann direkt zur Kasse. So der Plan...

Vor mir eine Dame mit einem Einkaufswagen. Voll bis oben. Also der Einkaufswagen, nicht die Frau. Ich sah mich genötigt, der Dame ins Gesicht zu schauen. Jap. Leichte beutelförmige Bäckchen... sie war es:

Miss Hamster 2020!

In ihrem Wagen der Querschnitt des gesamten Sortimentes. Von dem Warenhaufen fällt immer wieder diese eine türkisfarbene Plastikpackung

Damenbinden herunter. Ein leises Rutschgeräusch und anschließend ein sanftes "Ploff" bei der Landung. Immer wieder bückt sich die Frau nach dem Paket und legt es immer wieder an dieselbe, für die Positionierung doch augenscheinlich ungeeignete Stelle, sodass die Binden wieder der Erdanziehung folgend mit einem leisen "Ploff" auf dem Boden landen. Ich bin nicht so drin im Thema, aber ich vermute, es handelt sich um ein billiges Produkt, denn scheinbar haben die Binden keine Flügel, was das eher Ungelenke zu Boden stürzen erklärt.

Ich stehe hinter ihr und beobachte sie dabei, wie sie jeden Millimeter des sich weiterbewegenden Warentransportbandes mit ihrer Beute füllt. Ich stehe dort mit meinem Kopf Eisbergsalat, wie einst Jennifer Grey in "Dirty Dancing". Ich habe einen Eisbergsalat getragen. Okay. Sie hatte Melonen. Also unter dem Arm. Toll... Wobei ich als Melonenträgerin eher ungeeignet bin. Ich eigne mich auch nicht für Hebefiguren im Wasser. Weder als Tanzpartnerheber, noch als vom Tanzpartner zu hebender. Schwerpunkt und so. Außerdem... Man stelle sich die Abschluss Szene des Films vor. Ich sitze mit meinen Eltern am

Tisch, ein gutaussehender Typ kommt an den Tisch, greift meine behaarte Hand und sagt "Er ist mein Baby, er gehört zu mir!" Memo an mich: Hollywood kann ich knicken!

Kennt ihr das, wenn man völlig den Faden verliert und sich so sehr verzettelt, dass man nicht mehr weiß, wo man eigentlich weiterschreiben wollte? Ich auch nicht...

Die Dame jedenfalls hat irgendwann alle Waren auf das Band gestapelt - zweigeschossig! Der Verkäufer, mir recht gut bekannt, da ich beim Bäcker arbeite, der an dem Discounter angeschlossen ist, zieht Stück für Stück über den Scanner. Die Kasse piept "Freude schöner Götterfunken", in der Zentrale freut man sich ob der sich anbahnenden Summe über den besten Tagesabschluss seit 1948.

Irgendwann hat sie wieder alles in ihrem Einkaufswagen verteilt, der Verkäufer nennt die Summe, die deutlich im dreistelligen Bereich liegt und bei Miss Hamster setzt Schnappatmung ein. Also das wäre ja jetzt ein wenig teuer. Wo denn diese Summe herkommt. Ich muss dieses Bild erklären. Wenn man sich an der Kasse anstellt und am Verkaufspersonal vorbeischaut, sieht man - normalerweise- eine große Fensterfront. Durch diese dringt -normalerweise- Licht in den Kassenbereich. Der Verkäufer, froh darüber, dass Wesel ans Stromnetz angebunden ist und dadurch Kunstlicht den Raum erhellt, blickt auf den Einkaufswagen, der große Teile der Fensterfront verdeckt... Ihr Blick folgt dem seinen und plötzlich bricht es aus ihr heraus. Da müsse ihr irgendjemand etwas in den Wagen gelegt haben. Spontan dachte ich an die Binden, die ja vielleicht geflogen... Nee, die hatten ja keine Flügel. Ich bemühe mich, diese Situation nicht zu kommentieren. Sie schaut uns in der Schlange wartenden an und giftet ungeniert, dass hier wahrscheinlich irgendeiner seine Sachen in ihren Wagen gelegt hat, damit sie diese bezahlt. Der Verkäufer, ein unfassbar ruhiger und besonnener Mensch, schaut mittlerweile hilflos in die Runde und weiß nicht so recht, was er machen soll.

Ich ermahne mich, NICHTS zu sagen. Aber irgendwie ist da eine Barriere in mir scheinbar nicht ausreichend ausgeprägt und ich höre mich sagen: "Sie haben mich durchschaut. Ich folge ihnen gleich zu ihrem Auto, greife mir die Binden und fliege mit denen davon!"

Stille. Dann der Kommentar von einer Frau in der Schlange hinter mir: „

Geht nicht, die haben keine Flügel!".

Ich lache gerne und viel. So auch hier. An der Kasse des Discounters meines Vertrauens, während ich dort stehe, mit einem Kopf Eisbergsalat unter dem Arm.

Die Dame bezahlt wutentbrannt ihren absurd hohen Betrag, ärgert sich, dass sie ihre Bonuskarte nicht dabeihat. Der Verkäufer schaut sie an und meint, dass das schade ist, denn das hätte sich heute echt gelohnt. Sie schiebt ihren Schwerlasttransport aus dem Laden. Als ich den Laden verlasse, sehe ich die Dame. Sie schimpft. Diesmal jedoch nicht über Menschen, die ihre Sachen in ihren Wagen gelegt haben, sondern über den fehlenden Platz im Kofferraum ihres Smart...

Wie teuer ist der Fisch?

Heute war mal wieder Krankenhaus angesagt. Pünktlich saß ich in der Wartezone und wartete darauf, dass mein Termin stattfinden würde.

Da sich dies aber aus mir unbekannten Gründen verschob, lauschte ich dem Wellengleichen, immer wieder von leise zu lauter werdenden Mokieren älterer Mitmenschen, die sich wie immer beim Arzt oder eben im Krankenhaus darüber aufregten, wie lange das denn so dauern würde.

Zwischendurch starrte ich auf meine mobile Telefonzelle und las gebannt deutsche Übersetzungen von Scooter-Texten.

Für alle, die jetzt nicht so affin sind mit elektronischer Musik: Scooter ist viel Bass, ein blondgefärbter Mitt-Fünfziger, dem man ein Mikrofon in die Hand gedrückt hat (warum auch immer) und absurde Texte, die einfach nur hinausgebrüllt werden. Eignet sich nicht zum Einschlafen und auch sonst für nichts, macht aber trotzdem Spaß.

„... räum den Tisch ab! Apropos! Wie teuer ist der Fisch?"

„... Respekt für den Eiskremwagenfahrer!"

oder auch

„...Es ist kein Vogel, es ist kein Flugzeug. Es muss Dave sein, der im Zug sitzt!"

Da sich mein Termin scheinbar immer noch verzögerte, erklärte ich den heutigen Tag spontan zum "Tag des Fisches" (Google erklärte mir bei meiner Recherche streng, dass dieser Tag bereits am 22. August war, was ich gedanklich mit Wendlers "EGAL!!!!" konterte) und suchte im Internet - warum auch immer - nach Großmarktpreisen für Frischfisch - wahrscheinlich wegen Scooter-, während ich meine WhatsApp-Kontakte mit lustigen, fischigen Cartoons nervte.

Wusstet ihr übrigens, dass ein Kölpin-Hecht tiefgefroren 15,30 Euro im Kilo kostet? Nein? Freut mich, dass ich helfen konnte.

Aber zurück in die Wartezone. Das Smartphone verlor zunehmend an Attraktivität, dafür rückten die Damen in meinem Umfeld näher in den Fokus. Rüstige Damen, die sich -siehe oben- daran ergötzten, wie schlimm es doch ist, hier warten zu müssen. Ich wollte nicht, aber ich mischte mich ein und tat etwas, was mir selten passierte... ich lästerte mit. Okay. ich hob den Altersschnitt auf gefühlt 85, aber die Mädels und ich. Das war gut. Eine der Damen wollte eiligst drankommen, da sie befürchtete, der Sensenmann könne sie holen, noch bevor der Doktor auf ihren schlimmen Fuß geschaut hätte.

Was hatten wir einen Spaß. Irgendwann wollte ich aber dann doch nach Hause und nach 2,5 Stunden Wartezeit rief ich aus der Wartezone im Krankenhaus im Sekretariat der Orthopädie (im selben Krankenhaus) an um zu fragen, wann ich denn dran wäre. Die Antwort war kurzgefasst und sehr präzise: „Sie stehen nicht im Terminkalender!"

Ziemlich blöd eigentlich, denn der Termin war von beiden Seiten mehrfach abgesprochen und bestätigt wurde, damals, als ich zuletzt dort war... Scooter hatte diesen einen Hit:

„Mein Name ist MC H.

Ich habe die großen Pausen, den Bass

Eins, zwei, check

Es ist eine Mischung, die rau zum Kern ist

Durch die Textur

Kommen Sie und schmecken Sie die Leuchte, ja!"

Aber heute wollte ich keine Liedtextübersetzungen mehr lesen. Die Dame am Telefon konnte mir helfen. Sie bat mich ins Sekretariat, um dort meine bereits fertig ausgestellte Arbeitsunfähigkeitsbescheinigung abzuholen.

Vier Minuten später durfte ich wieder frische Luft atmen.

Was bleibt von diesem Tag?

Fisch ist teuer, Scooter auf Deutsch ist blöd (auf Englisch auch, aber ich mag es irgendwie), keiner mag Fischcartoons, mir werden meine Mädels fehlen (ich hoffe, sie sind heute noch drangekommen) und ich bin mit meinem kaputten Huf nicht ein Mikrometer weiter.

In diesem Sinne

Hyper Hyper

E-Mail von ganz oben

Ich kenne Menschen, die dem katholischen Glauben folgen, genauso wie auch dem evangelischen und dem Islam. Zeugen Jehovas kenne ich auch. Ich finde, die evangelischen haben die besseren Lieder, die Muslimen die eindeutig schönsten Gotteshäuser, dafür haben die Katholiken schöne Fenster.

Aber keine Religion - KEINE (!!!) - hat das, was die Glaubensbrüder der Mormonen in Wesel haben. Gestern klingelte es. Zwei adrett gekleidete junge Männer begrüßen mich freundlich und fragen mich frei heraus, ob ich mit meinem Glauben zufrieden sei.

Wie immer folge ich einem Reflex und möchte die beiden schroff abweisen. Einer der jungen Männer bemerkt, dass ich nicht bereit bin, für ein Haustürgespräch über Glaubensfragen und sagt einen Satz, bei dem ich quasi entwaffnet war.

„Gott möchte nur Ihre E-Mail!"

Ich habe eine Mailadresse, die ich immer dann angebe, wenn ich ahne, dass ich zugespammt werde. Ich gebe diese Adresse also heraus, die jungen Männer verabschieden sich.

Heute Morgen checke ich meine Mails auf all meinen Konten und siehe da, ich habe:

POST VON GOTT!

Ich dürfe mich gerne bei ihm im Gotteshaus (Adresse freundlicherweise eingefügt) einfinden, um mit ihm zu sprechen...

Die Jungs haben es drauf... Den direkten Draht nach ganz oben...

(Zweifelhafter) Promibonus

Ich war heute im Krankenhaus wegen meinem Knie. Eine Kontrolluntersuchung. Ich wurde einbestellt für 08:30 Uhr. Ich melde mich also an der Notaufnahme - wie es mir gesagt wurde. Der Wartebereich, in den ich gebeten wurde, war ziemlich voll. Ständig ging die Tür zur Notaufnahme auf und Patienten wurden hineingerufen.

Zwischen den älteren Herrschaften gingen die Gespräche los...

„Ich warte schon seit 20 Minuten...Richtig ist das nicht, oder?"

„Ich war eher da, als die Frau da..."

„Ich hab´ keine Zeit, hier zu warten!"

„Wenigstens Kaffee könnten die bringen...!"

Ich sitze also da und höre mir dieses "Ich habe doch keine Zeit"- Genöhle einige Minuten an und bin ein wenig amüsiert, als sich die Tür öffnet und mein Name aufgerufen wird. Ich erhebe mich, greife nach meinen Unterarmgehstützen und setze mich in Bewegung. Da brüllt eine schätzungsweise 70 Jahre alte Frau durch die Wartezone:

„Wie kann dat sein, dat der vor mir drankommt? Ich war viel eher da!"

Die Schwester, ruhig und besonnen, erklärt der Dame, dass es in der Abteilung nach Chirurgie, Innere, BG und sonstige Angelegenheiten aufgeteilt ist, und man sich deswegen nicht daran orientieren dürfe, wer wann gekommen ist. Darauf die Dame vollkommen feindselig:

„Und der da (und zeigt dabei auf mich) ist Abteilung Promi, oder wat?"

Der Schwester fehlen die Worte, ich drehe mich zu der Dame und singe die - in den letzten Monaten wohl am meisten totgerittene Schlager-Textzeile: "EGAL!"

80 Prozent der Leute haben gelacht. Die Dame nicht.

Nach 10 Minuten komme ich wieder raus, humpele an der Dame vorbei und sie zeigt auf mich und erklärt ihrem Begleiter:

"Dat ist der Wendler..."

Currywurst Pommes

Ich habe als Koch schon viele schräge Lebensmittelkombinationen und Zubereitungsarten kennengelernt. Ich hatte Konsistenzen im Mund – Freunde der Sonne.

Neulich war ich mal wieder einkaufen und auf meinem Weg durch den Laden blieb mein Blick an etwas hängen, von dem ich niemals gedacht hätte, dass es das gibt.

Currywurst mit Pommes. Soweit so gut, ihr fragt Euch jetzt sicher „Was will er?"

Currywurst mit Pommes tiefgefroren für die Mikrowelle! Das will er! Ich konnte nicht glauben, was ich da sehe und schaute mir die Verpackung genauer an.

Zunächst das Bild. Eine geschnittene Bratwurst in einer leuchtend roten Sauce, daneben eine Portion Fritten, vom Ansehen her kross. Alles nett drapiert auf einem Teller. Selbstverständlich versehen mit dem Hinweis „Serviervorschlag"

Habt ihr Euch mal die Lebensmittelverpackungen angesehen, die ihr so im Haus habt? Auf einer

Margarinepackung ist eine Scheibe Brot abgebildet auf der eine zart abgerollte, kleine Menge des Schmieröls liegt, garniert mit Schnittlauch. Daneben steht „Serviervorschlag". Ich mag Späße, aber wer kauft sich für mindestens 5 € einen Butterroller, um sich morgens vor der Arbeit ein Margarineröllchen auf das Discounterbrot zu legen, nachdem man mit der Taschenlampe bewaffnet auf dem Balkon noch nach brauchbarem Schnittlauch gesucht hat? Selbst wenn man dieses gehärtete Getriebeöl in Röllchenform bringen könnte, wo ist der Sinn? Ich brauche Fett als Geschmacksträger und nicht als dekoratives Mitbringsel.

Einer der größten Discounter Deutschlands hat in seinem Prospekt sein in Plastik vakuumiertes, gemischtes Hackfleisch beworben. Auf dem Bild war der unansehnliche Hackklotz auf ein Brett gekippt worden, eine Ecke war mit einer Gabel abgetrennt und lag mit wenigen Millimetern Abstand daneben – versehen mit dem Hinweis „Serviervorschlag". Gemischtes Hackfleisch. Roh. Aus dem Vakuumpack.

Nette Idee für ein romantisches Dinner. Einfach mal einen Klotz gemischtes

Hackfleisch auf einem Holzbrett drapiert, eine Gabel dazu. Vielleicht Kerzen, ein Glas Rotwein, welches ja auch als Serviervorschlag gerne mit Trauben und Käsewürfeln gereicht wird und schauen, was das Date dazu sagt. Vielleicht kann man ja ein Margarineröllchen dazu reichen, damit es besser rutscht, mit Schnittlauch für den frischen Geschmack.

Ich rege mich wieder auf. Kommen wir also lieber wieder zurück zur Currywurst aus der Tiefkühltheke. Bedauerlicherweise bin ich ja neugierig, also habe ich es ausprobiert.

Auf der Rückseite der Verpackung standen zunächst die Inhaltsstoffe. Vom Klang der Ingredienzien hätte dieses Produkt niemals als Lebensmittel verkauft werden dürfen. Aber gut. Ich bin ja leidensfähig, also scrollte ich mit meinem Blick schnell weiter bis zum Punkt „Zubereitung". Da reichte ein Zweizeiler, in dem beschrieben wurde, dass man den Karton um das Plastik-Portions-Ensemble entfernen soll, die über dem Essen gespannte Folie mit einer Gabel mehrfach einstechen soll und das Ganze dann in der Mikrowelle acht Minuten erhitzen möge. Gesagt getan. Nach acht Minuten pingte die Welle. Wie beschrieben, entfernte ich die Folie vollständig und ließ das aufgewärmte Produkt für zwei Minuten ruhen.

Leute - Ich lasse ein frisch gegrilltes Steak ruhen, damit beim Anschneiden nicht sofort der komplette Fleischsaft austritt. Aber hier? Was sollte das? Musste sich der Chemiecocktail erst entfalten? Ich probierte zuerst die Wurst. Okay. Da kann man jetzt nicht so viel falsch machen. Brät im Kunstdarm, vorgebraten und geschnitten. Dazu eine Sauce, die entfernt an Curry erinnerte – geschenkt. Für den Preis kann man nicht viel erwarten. Dann jedoch kam das nackte Grauen. Tiefkühlpommes aus der Mikrowelle. Erstaunt war ich, dass sie tatsächlich leicht kross wirkten, immerhin wurden sie innerhalb kürzester Zeit von minus acht auf circa 72 Grad gebracht, in einem Plastikbehälter, bedeckt mit Folie.

Geschmack und Konsistenz jedoch waren ein Schlag ins Gesicht. Jeder von Euch hat diesen Geschmack von frisch frittierten Fritten vor Augen und auch das Mundgefühl, wenn man die krosse Hülle durchbeißt. Ein wenig salzig, heiß und der Geschmack von Kartoffel.

Und in meinem Mund? Ungewürztes, in Stäbchenform gepresstes

Mikrowellenpüree. Das leicht krosse, was ich wahrgenommen haben wollte, war lediglich Haut, die sich um diese Kartoffelmikados gebildet hatte.

Ich habe in meinem Leben viele seltsame Dinge im Mund gehabt, aber das hier war die absolute Spitze der Ekeligkeiten.

Nachdem meine Geschmacksnerven wieder reanimiert wurden, werde ich mich voller Vorfreude auf eine simple Scheibe Brot stürzen. Gerne auch mit Margarineröllchen und Schnittlauch.

Dann war da dieses warme Gefühl

Ich lebe am Niederrhein. Es ist sehr ländlich. Was ich genau mit „ländlich" meine?

Ich fahre aus meiner Heimatstadt heraus, biege rechts ab. Nach etlichen Kilometern biege ich erneut rechts ab und da ist – nichts!

Auf dem Weg zu einem Termin biege ich auf diese einsame Straße ein. Eine Asphaltpiste, die sich quer durch Wiesen und Wälder zieht. 18 Kilometer Einsamkeit.

Es ist so einsam, dass ich nur darauf warte, dass ich plötzlich aus dem Unterholz von Mitgliedern eines noch nicht entdeckten, einheimischen Bauernvölkchens mit primitiven Mistgabelähnlichen Gegenständen attackiert werde, einfach nur, weil diese Wesen noch nie ein Auto gesehen haben.

Diese Straße lädt dazu ein, den Motor des KFZ durchzublasen und etwas forscher unterwegs zu sein. Gute Musik hallt durch den Innenraum meines Autos – nein, nicht die von Scooter – ich lehne entspannt im gut gepolsterten

Mobiliar, mit einer Hand steuere ich meine 75 PS durch die Einöde und lasse den Blick ab und an etwas nach links und nach rechts schweifen. Nett hier. Vor allem viel Wald…

Ich nähere mich der nächsten Stadt, freue mich darüber, gleich das Ziel erreicht zu haben, als plötzlich ein gleißend rotes Licht aufblitzt und mir so ein lieblich-warmes Gefühl durch den Körper jagt. Eine Radarfalle. Toll!

Da haben sich die Fürsten der Finsternis, diese modernen Wegelagerer darauf verständigt, an dieser Stelle eine Geschwindigkeitskontrolle vorzunehmen. Nachdem der Schock überwunden war, kroch in mir eine Art von Ärger hoch, die mich während meiner Weiterfahrt Dinge durch mein KFZ brüllen ließ, dass ich mich in der Nachbetrachtung tatsächlich a) ein wenig schäme und b) auch amüsieren kann, weil ich dem Kämmerer dieser Ortschaft eingegipste Arme und Nasenjucken gewünscht habe.

Wenige Wochen später brachte der gelbgewandete, motorberittene Bote eine Depeche. Viel Blabla., „… zulässige Höchstgeschwindigkeit 70…", „übertreten der Höchstgeschwindigkeit um 38 Km/h…" und dahinter die

Anzahl der von mir als Strafe zu entrichteten Dublonen.

Was glauben die denn? Dass ich einen Goldesel in der Garage habe? Dass ich „Robäääärt" heiße und auf Geld sitze?

Nein, ich habe nur einen Hund und der knödelt beileibe keine Dukaten, meine Frau heißt nicht Carmen und würde ich mich auf mein Geld setzen, würde mir nach kurzer Zeit das Steißbein schmerzen, weil da schlicht kein Geld ist. Zumindest nicht so viel, dass sich das darauf sitzen lohnen würde. Strafe muss sein, das habe ich schlussendlich eingesehen. Jeder Taler, der seinen Weg ging von meinem Säckel in das der Piraten der Landstraße hat mich eine kleine Träne weinen lassen. Seitdem bremse ich immer etwas vor dieser Radarfalle ab. Am liebsten, wenn mich jemand drängelt und lasse ihn überholen. Und wenn es dann blitzt, dann kommt wieder dieses wohlig warme Gefühl in mir auf.

Der Einkauf

Ein kalter Freitag im November 2020. Die Sonne müht sich, wenigstens noch etwas Restwärme auf die Erdkugel zu bekommen. Die Uhr zeigt 07:53 Uhr. Ich habe bereits vor 10 Minuten mein Auto auf dem Parkplatz eines Discounters geparkt.

Das aktuelle Werbeblättchen offeriert einen Artikel, den ich nun im Auftrag besorgen soll. Während ich vor dem kühlen Wind geschützt in meinem Auto sitze und der Lokalsender mir irgendeinen der aktuellen Topstars der Popmusik aufs Trommelfell schickt, beobachte ich die Szenerie.

In Reih und Glied steht dort vor der noch verschlossenen Tür eine Armada von Angebotsjägern, teilweise bewaffnet mit Prospekten, aber alle mit einem Einkaufswagen ausgestattet. Der aktuellen Situation geschuldet, tragen alle dort eine Maske.

07:58 Uhr – Ich steige aus, lege meinen Mundschutz an und begebe mich langsam auf die Gruppe zu. Um meinen Platz am Ende der Schlange einnehmen zu können, muss ich die Phalanx der Schnäppchenprofis durchbrechen, eine andere Möglichkeit habe ich nicht. Widerwillig lässt mich eine Dame durch. Sie mustert mich, vielleicht denkt sie, dass ich mich vordrängeln möchte, vielleicht versucht sie auch herauszufinden, ob ich derjenige sein werde, der ihr am Ende ihren Schnapper streitig machen könnte.

07:59 Uhr - Ich habe das Schlangenende erreicht und bemerke, wie sich Unmut breit macht – die Türen des Geschäftes sind noch immer verschlossen.

08:00 Uhr – Eine Dame, die sich den Platz ganz vorne gesichert hat, klopft ungehalten an die Glastür des Ladenlokals, sie begehrt Einlass. Ich schaue mich um. Nein, hier sind keine Spuren zu erkennen von nächtlichem Campieren. Es gibt keine Feuerstelle, an der sich die Schnäppchenwütigen vielleicht aufgewärmt haben, während sie die ganze Nacht darauf gewartet haben, seit wahrscheinlich 07:00 Uhr ganz vorne zu stehen.

08:03 Uhr – Ein Mitarbeiter erscheint hinter der Glastür und macht sich mit einem Schlüssel an einer Gerätschaft zu schaffen. Obwohl die Tür noch nicht geöffnet ist, bewegt sich die Masse an Menschen ungeduldig Zentimeterweise weiter nach vorn. Als sich die automatische Schiebetür endlich öffnet, bricht das Inferno los.

Eben noch stand ich in einer typisch deutschen, geordneten Reihe von Menschen. Jetzt bewege ich mich mit dem Schwung der Menschen in Richtung der Tür. Ich bekomme einen Einkaufswagen in die Hacken, drehe mich um. Der Verursacher meines Schmerzes hat scheinbar nicht bemerkt, dass er quasi versucht hat, durch mich durchzufahren, sein Blick ist auf die Tür gerichtet. Mit dem Schwall der anderen Kunden platze auch ich in den Verkaufsraum. Während das Angebot der Frischeabteilung im Eingangsbereich noch jungfräulich unberührt ist, kann ich bereits aus dem hinteren Bereich Stimmengewirr vernehmen. Ich höre das metallische Klirren von aneinanderstoßenden Einkaufswagen. Ich suche mir meinen Weg, biege ein in den Bereich, in dem die Angebote ausliegen…

08:05 Uhr – Ich halte inne und betrachte mir den Wahnsinn, der sich dort bahnbricht. Einkaufswagen stehen kreuz und quer. In einem sitzt ein kleines Mädchen und ruft irgendetwas. Verstehen kann ich es nicht genau, dafür aber die Mutter, die ihr Kind anherrscht, Geduld zu haben. Also genau das, was diese Mutter nicht hat. Mittlerweile wird der Wagen mit dem Kind von anderen Kunden weggeschoben. Das Mädchen beginnt zu weinen, Mutter hat ihren Fokus auf die Warenschütte mit den Angeboten ihrer Begierde gelenkt. Viele Hände durchwühlen das Angebot, auf der Suche nach „dem einen richtigen Artikel", teilweise nehmen sich die Leute die Waren aus der Hand. Diskussionen branden auf, es gibt bereits jetzt, um 08:07 Uhr Streit. Andere, die in der Schlange vor dem Geschäft strategisch ungünstig weiter hinten standen, haben ihre Einkaufswagen irgendwo im Laden stehen lassen und versuchen nun, sich so durchzuschlagen.

Popcorn wäre jetzt nicht schlecht.

Einen Meter neben mir steht eine Mitarbeiterin und schaut fassungslos und Kopfschüttelnd auf die Szene. Ich nutze die Gelegenheit und frage sie, wo ich meinen gesuchten Artikel finde. Ich deute auf den Haufen Menschen und hoffe nicht „Da!" Sie schüttelt den Kopf und setzt sich in Bewegung. Ich folge ihr in Richtung Kassenbereich. Hier ist die Ware gelagert, die ich suche. Ich bedanke mich, wünsche ihr Glück und gehe zur Kasse.

08:10 Uhr – An der Kasse ist es angenehm ruhig. Ich bin der erste Kunde und bei der Geräuschkulisse aus dem hinteren Bereich des Geschäftes wird es hier auch noch einige Zeit so bleiben. Ich vermute, dass sich dort, an der Schnäppchenfront noch so einige Scharmützel ereignen werden. Mir kann es egal sein. Ich bezahle und gehe zum Auto.

08:20 Uhr – Ich bin zu Hause und ich weiß, ich hatte Glück. Ich habe lediglich eine schmerzende Hacke davongetragen, bin ansonsten unverletzt geblieben. An diesem kalten Freitag im November 2020…

Die Kamera – Chronologie des Wahnsinns

Ich habe das Fotografieren für mich entdeckt. War das Smartphone lange Zeit mein treuer Begleiter, sollte es irgendwann eine richtige Kamera sein. Damals entschied ich mich für einen „Alleskönner".

Mit der Zeit musste ich feststellen, dass ich bei besonderen Projekten mit dieser Kamera an meine Grenzen stieß. Nun sollte ein neues Gerät her.

Hätte ich geahnt, was auf mich zukommt, ich hätte es gelassen.

Die Entscheidungsfindung an sich war schnell abgeschlossen. Der Hersteller meiner bereits vorhandenen Kamera sollte es sein. Dank den in den Weiten des Internet zu findenden Testberichten hatte ich meine Entscheidung getroffen, der Preisvergleich auf einschlägigen Webseiten lotste mich zu einer großen Elektronikmarktkette.

In der Fotoabteilung angekommen, komme ich mit dem Fachverkäufer ins Gespräch. Ich erkläre ihm, was ich fototechnisch machen möchte, in welchem finanziellen Rahmen ich mich in etwa bewegen möchte. Er hört aufmerksam zu und zeigt mir in der Ausstellung genau das Gerät, für das auch ich mich entschieden habe. Er erklärt mir verschieden Dinge, erläutert Vor- und Nachteile und bringt auch etwaige Folgekosten ins Gespräch. Ich fühle mich gut aufgehoben, erbitte mir noch etwas Bedenkzeit und bedanke mich.

Nach etwa einer Woche an einem Freitag stehe ich erneut in dem Geschäft. Vorfreude durchzuckt mich, als ich den Verkäufer sehe. Er grüßt mich freundlich, ich erkläre ihm, dass ich die Kamera gerne mitnehmen möchte und werde jäh ausgebremst.

Es wäre keine mehr da, aber bereits nachbestellt. Enttäuschung macht sich breit. Er schaut in seinem PC nach und erklärt mir, dass am Montag wieder welche reinkommen.

Montag

Ich mache mich auf den Weg zum Elektronikfachgeschäft. Da ich irgendwo am Niederrhein wohne, die Betreiber der Kette ihren hiesigen Markt geschlossen hatten und es weit und breit kein vergleichbares Angebot gibt, nehme ich gerne dreißig Kilometer Fahrtweg (oneway) auf mich. Ich habe eingeparkt, da befällt mich ein angenehmes Kribbeln. Vorfreude.

Ich entere die Fotofachabteilung, erspähe meinen Fachberater, der im Gespräch mit einem Kunden ist und lasse den Blick über die ausgestellten Geräte schweifen. Im Augenwinkel erkenne ich, dass er sich zu mir auf den Weg macht. Ein kurzer Gruß und dann die niederschmetternde Aussage, dass der Lieferant wohl scheinbar nicht gekommen ist. Er notiert sich meine Telefonnummer. Man würde mich anrufen.

Dienstag

Ich habe auf dem Display meiner mobilen Telefonzelle eine Zahlenkolonne abgebildet. Anruf in Abwesenheit. Ich rufe zurück und werde in die Warteschleife des telefonischen Kundenservice des Elektronikriesen geschoben. Irgendwann meldet sich eine Dame. Ich erkläre ihr mein Anliegen verbunden mit der Hoffnung, dass die Kamera endlich im Markt angekommen ist. Die Dame schaut im System nach - zumindest behauptet sie das - und bestätigt – Die Kamera ist da.

Auf der Autobahn macht sich Vorfreude breit. Beim Betreten des Geschäftes und dem Betrachten des wuseligen Vorweihnachtswahsinns lächele ich, denn ich weiß, dass ich gleich auch dort in der Kassenschlange stehen werde. Der Fotofachberater ist nicht im Haus, ich werde an einen jungen Mann verwiesen, der im Moment noch Kunden bei den Saugrobotern berät. Irgendwann steht er neben mir. Ich erläutere ihm mein Anliegen. Missmutig und eher gelangweilt schaut er im PC-System nach und erklärt mir emotionslos, dass er keine Kamera dieses Typs im Sortiment hätte. Sie wäre bestellt, aber noch nicht geliefert. Ich frage ihn, warum ich angerufen worden sei. Er wird etwas unwirsch und entgegnet, dass er nicht angerufen hätte und er keine Ahnung hätte. Dann verabschiedet er sich und lässt mich dort stehen.

Zu Hause rufe ich erneut die Hotline an, um zu fragen, was da passiert sein kann.

Die Dame am anderen Ende der Leitung veranlasst einen Rückruf aus der Filiale.

Mittwoch

Mein Telefon schellt. Es ist der Filialleiter, der wissen möchte, warum ich um einen Rückruf gebeten habe. Ich erkläre ihm mein Anliegen, er verspricht, sich zu erkundigen und zurückzurufen. Eine Stunde später erklärt er mir, dass man mich dienstags angerufen hätte, um mir zu sagen, dass der Lieferant nicht gekommen wäre und ich mich nicht umsonst auf den Weg zu machen bräuchte.

Ich werde ärgerlich, rufe erneut die Hotline an und lasse mich mit der Teamleitung der Abteilung verbinden. Die Dame ist gut geschult im Umgang mit verärgerten Kunden. Sie verspricht mir, sich zu kümmern, nennt mir eine Emailadresse, unter der ich den Vorfall schriftlich darlegen soll.

Mittwochnachmittag

Man ist angeblich peinlich berührt und bietet mir einen Einkaufsgutschein im

Wert von 25,00 Euro an – als Wiedergutmachung. Ich bedanke mich artig und speichere die ohne nennenswerte Anschrift gefertigte 08/15-Mail ab.

Donnerstag

Ich erhalte unaufgefordert die telefonische Information, dass die Kamera noch nicht da sei. Scheinbar habe ich mit meiner Hartnäckigkeit Eindruck gemacht, oder man hat einfach nur Angst…

Freitag

Ich habe einen Anruf aus der Filiale verpasst. Ein Rückruf ist vergeblich. Wir haben Vorweihnachtszeit, die Filiale wird wahrscheinlich von Kaufwütigen überrannt. Ich beschließe, der vagen Hoffnung auf eine positive Nachricht folgend, die Hotline anzurufen und mich dort zu erkundigen.

Die Dame am Telefon ist, so freundlich wie möglich ausgedrückt, das schwarze

Schaf in der Abteilung. Beim Thema „Kundenorientiertheit" hat sie deutlich erkennbare Wissenslücken und ihre Aussprache in Verbindung mit einer deutlich transportierten Unlust lässt folgen Dialog entstehen.

Ich: „Ich habe einen Anruf aus der Filiale erhalten, habe den Anruf aber verpasst."

Sie: „Wie kann man denn einen Anruf verpassen? War doch ´ne Handynummer."

Ich: „Ich habe mein Telefon nicht ständig neben mir liegen!"

Sie: „Was sind sie denn für einer?"

Ich: „Wie bitte?"

Sie: „Wozu hat man ein Handy, wenn man nicht rangehen will? Aber ist nicht das erste Mal, dass ich so´ne Lüge höre!"

Ich: „Wie bitte???"

Sie: „Hören sie schlecht? Wenn sie einen Anruf wünschen und eine Handynummer angeben, sind sie verpflichtet, dran zu gehen!"

Ich: „Sie sind sehr unfreundlich! Nennen sie mir doch bitte noch einmal ihren Namen!"

Sie: „Arschloch!"

Damit war dieses Telefonat beendet. Es ist nicht so, dass ich nicht gerne weiter mit ihr gesprochen hätte, aber sie ist wohl versehentlich an den Knopf gekommen, der ein Gespräch beendet. Schade, kann aber natürlich passieren.

Ich bin ja eher so der entspannte Typ, also rufe ich nochmal an. Es ist tatsächlich ein wenig beunruhigend, aber ich kann die Nummer mittlerweile auswendig.

Eine Dame, mit der ich mich gar nicht lange aufhalte, verbindet mich auf meine Bitte hin mit der Teamleitung dieses Call- und Servicecenters. Dort berichte ich ihr von meinem Gesprächserlebnis und sie bittet mich erneut, eine Mail zu schreiben und mich auf diesem Wege zu beschweren. Zudem erklärt sie mir, dass meine Kamera in der Filiale bereitliegen würde.

Ich verfasse die gewünschte Mail, erhalte postwendend den obligatorischen 25,00 Euro Gutschein und mache mich auf den Weg nach Oberhausen. Mittlerweile ist da keine Vorfreude mehr, sondern eher so eine knisternde Spannung.

Wird man dieses Mal eine richtige Antwort gegeben haben? Hat man nun den Warenbestand richtig im Auge gehabt und werde ich endlich, nach unfassbar vielen, verfahrenen Kilometern, Gesprächen mit unmotivierten Menschen, mein Objekt der Begierde in Händen halten?

Mein neuer, bester Freund, der Fachberater in der Satan-Filiale begrüßt mich. Ich erkläre ihm, dass ich frohe Kunde hätte und die Kamera vor Ort sein sollte. Er runzelt die Stirn, schaut in den PC und verneint.

Im Auto sitzend überlege ich, ob ich nicht lieber einen Zeichenkurs machen soll. Bleistifte und Papier gibt es ja zu genüge.

Kaum zu Hause angekommen, schellt mein Telefon. Herr R. mein freundlicher und sehr bemühter Fachberater teilt mir mit, dass die Kamera soeben eingetroffen sei. Er würde einen großen Zettel mit meinem Namen draufkleben. Ich freue mich auf Montag, denn an diesem Tag möchte ich einfach nicht mehr.

Montag

Ich sitze im Auto, mal wieder auf dem Weg zur mir mittlerweile liebgewonnenen Satan-Filiale. Dort angekommen, schreiten mein Fachverkäufer und ich freudig zur Tat. Er öffnet einen Schrank unter dem Abteilungs-PC. Dort liegt, außer ein paar Zetteln.... nichts!

Auf einem der Zettel steht „Schraven", aber der dazugehörige Karton fehlt. Ich will mich nicht aufregen, aber die aufgestaute Wut lässt meine Halsschlagader anschwellen. Herr R. überlegt kurz und fackelt nicht lange. Wie selbstverständlich nimmt er aus einem weiteren Schrank eine Kamera des gleichen Herstellers, jedoch eine Version besser – und teurer. Passt nicht vom Preis, aber wir sind im Ruhrgebiet... Was nicht passt, wird passend gemacht, ich bezahle nur das, was mich das eigentliche Gerät kosten sollte.

Mit der Ware stehe ich an der Kasse an. Endlich. Die Kassiererin will soeben den Verkauf finalisieren, als ich sie unterbreche. Ich habe ja noch zwei Gutscheine. Besser, ich löse sie jetzt ein, bevor ich auf die Idee komme, hier nochmal etwas kaufen zu wollen...

Wartezimmerromantik

Heute war mal wieder Krankenhaus angesagt. Das sich immer wiederholende Krankenscheinabholen.

Man entwickelt ja mittlerweile eine gewisse Routine. Rein ins Spital, die Damen an der Info links liegen lassen, im Wartebereich eine Marke ziehen, sich kurze Zeit später in einem der vielen Anmeldezimmer bemerkbar machen, Namensaufkleber in Empfang nehmen und dann...

Eintauchen in den Wartezimmerwahnsinn.

Die nörgelnden, älteren Mitbürger mit ihrem Lamento über die unmenschlichen Wartezeiten kann ich mittlerweile ganz gut ignorieren. Ich möchte einfach nur dasitzen und darauf warten, dass meine Nummer aufgerufen wird, ich meine Arbeitsunfähigkeitsbescheinigung bekomme und dann wieder nach Hause gehen, denn zu Hause wartet eine Tasse Kaffee auf mich. Dieser Gedanke an frisch aufgebrühten Kaffee schickt mir ein Lächeln ins Gesicht. Aber vor dem Kaffee hat mir irgendeine höhere Macht eine Prüfung auferlegt. Irgendwo schaut jemand auf mich herab, sieht meine Wartenummer "37" und kurz bevor ich eigentlich aufgerufen werden soll, lässt diese Macht auf dem Monitor im Wartesaal die Nummer "38" aufblinken und zwingt mich, noch ein wenig zu verweilen.

Wie gesagt, nörgelnde Herrschaften sind mir mittlerweile egal. Ich höre zwei Damen zu. Eine der beiden hat scheinbar einen Bildungsauftrag. Sie erklärt ihrer Bekannten, dass Corona schon schlimm ist, aber eigentlich ist es egal, was Corona ist. Virus oder Erreger... Sind eh alles nur Bakterien. Und gegen Bakterien hilft nur waschen. Waschen, waschen und immer wieder waschen.

Die Dame ist scheinbar auf einem Hygiene-Kreuzzug, zumindest verbal, denn bei genauerer Betrachtung hat sie ihrem Dogma des Waschens selber nur bedingt Folge geleistet. Das gelb-graue Haar wird durch Fett in Form gehalten. An den durch die Luft rudernden Fingern erkenne ich Spuren von starkem Nikotinkonsum in Form von gelb-braunen Ablagerungen an Zeige - und Mittelfinger sowie einen Querschnitt durch diverse Erdschichten unter den gelblichen Fingernägeln.

Ekel bricht sich bahn und ich muss mich zwingen, nicht hinzuschauen. Auf dem Monitor die Nummer "35". Mein Blick wandert wieder. Zu der Dame, deren Worte ich gar nicht mehr wahrnehme. Ich sehe nur diese gelb gefärbten Finger, die wie Dirigentenstäbe durch die Luft wirbeln und ich stelle mir vor, wie die von ihr so lautstark benannten Bakterien dort unter dem Fingernagel kauern. Wie in einem Karussell werden sie hin und her geworfen und von irgendwo meine ich eine Stimme zu hören: "Die nächste Fahrt geht rückwärts!"

Im Augenwinkel erkenne ich meine Nummer. Ich beeile mich, aus dieser Situation zu entkommen. Rein ins Sprechzimmer, den Krankenschein gegriffen und dann ab nach Hause...

Weihnachtszeit, Einkaufszeit

Ich möchte heute einmal eine Lanze brechen für alle die, die im Einzelhandel beschäftigt sind. Egal, wo sie arbeiten, die Vorweihnachtszeit ist blöd. Ich weiß das, ich habe letztes Jahr noch selber hinter einer Theke gestanden und dem Wahnsinn tief in die Augen geschaut.

In diesem Jahr kann ich leider nicht arbeiten, aber ich bin in diesem Jahr Kunde. Ein harmloser Kunde. Ich möchte nur kurz einkaufen und dann wieder nach Hause. Ich möchte nur eine normale Verkäufer-Kundenbeziehung. Ware nehmen, an der Kasse bezahlen, einen schönen Tag wünschen und dann ab nach Hause.

Aber ich stehe dort und sehe Menschen, die wahrscheinlich das frisch erlernte aus dem VHS-Kurs "Ignoranz und Penetranz im Verkaufsgespräch" in der Praxis umsetzen möchten.

Ich habe mich für eine neue Kamera entschieden. Nach einigem Hin und Her durfte ich in der nahegelegenen Satan-Filiale mein Produkt entgegennehmen. Der Verkäufer und ich hatten zuvor schon diverse Kontakte, funkten auf derselben Wellenlänge und er erklärte mir ausführlich einige spezielle Funktionen. Ich muss dazu schreiben, dass es sich bei ihm um einen Fachberater für Fotoprodukte handelte. Während wir ein sehr interessantes Gespräch hatten, gesellte sich ein junger Mann dazu. Schätzungsweise Mitte 20. Soeben erklärt mir der Verkäufer die Besonderheit "Verbindung der Kamera mit der Bedien-App am Handy", als der junge Mann losrötet, er hätte mal eben eine Frage zum neuen I-Phone. Der Mitarbeiter schaut den Herrn an und deutet auf einen Verkaufsschalter, circa 5 Meter entfernt. Dort könne er sich beraten lassen. Der junge Mann schaut erst ein wenig blöd und fragt, ob es das I-Phone auch in Gold gibt. Herr R. -der Verkäufer wendet sich dem Mann zu und deutet erneut auf den Schalter und bittet ihn, dort nachzufragen, er sei in einem Kundengespräch.

Wir gehen wieder ins Thema Kamera, als von links der junge Herr sagt, Blau würde auch gehen, wäre aber nicht so schön, wie Gold. Herr R. möchte ihn eigentlich ignorieren, aber er war wahrscheinlich der Kurs-Streber und redet weiter. Ob das I-Phone auch 5G kann. Herr R. schaut mich an, bittet mich um einen Moment Geduld und wendet sich nach links - der Richtung, aus der die verbale Umweltverschmutzung kommt. Er erklärt erneut freundlich, aber diesmal bestimmt, dass er nicht wisse, in welchen Farben die neue Telefonzelle aus Cupertino zu erhalten sei das sei nicht sein Fachgebiet, Aber er würde Gold an sich eher hässlich finden, zudem wäre es ein Armutszeugnis, wenn ein neues Smartphone kein 5G-Standard bedienen würde, wobei es eigentlich egal wäre, weil dieser Standard ja nicht mal in Großstädten flächendeckend nutzbar und erhältlich sei, wir wären schließlich in Deutschland.

In der festen Überzeugung, den Kunden nun losgeworden zu sein, wendet sich Herr R. erneut mir zu und will gerade etwas sagen, als von links die Frage kommt, ob Herr R. ihm mal das Telefon zeigen könnte, an den Schaltern würde das so lange dauern, die Verkäufer wären alle im Gespräch.

Herr R. wendet sich dem Herrn erneut zu, in einem bemerkenswert ruhigen Ton und bedauert, ihm da nicht weiterhelfen zu können, er hätte nur einen Schlüssel für die Samsung-Schublade.

Der junge Mann schaut erneut wie ein Auto, nur nicht so schnell und erwidert überrascht "Das hätten sie auch früher sagen können!". Herr R. dreht sich zu mir, rollt die Augen und murmelt "kann ja keiner ahnen, dass du so dämlich bist!" Der junge Mann scheint nur bemerkt zu haben, dass der Verkäufer etwas gesagt hat, lächelt und wünscht ebenfalls einen schönen Abend.

Liebe Beschäftigte im Einzelhandel, egal, ob Lebensmittel, Elektro oder sonst wo... Haltet durch, ich denke an Euch!

Klinikwahnsinn und Pandemie

Heute war ich mal wieder in irgendeiner Klinik. Man verliert ja irgendwann den Überblick. Bevor ich das Klinikgelände betreten durfte, wurde ich von einem Sicherheitsbediensteten links-ohrig Fieber-vermessen. Unauffällige Temperatur. Ich musste meinen persönlichen Mundschutz ablegen und einen der Klinik benutzen. Das habe ich selbstverständlich getan. Nachdem ich die Fragen nach meiner Gesundheit und meinen Kontakten zu potentiellen COVID-Patienten wahrheitsgetreu beantwortet hatte, durfte ich die 300 Meter zum eigentlichen Gebäude zurücklegen.

Dort, an der Anmeldung wurde ich zunächst als "Anwesend" ins System eingepflegt. Klingt auch freundlicher als "Lebend". Ich musste einen Fragebogen ausfüllen, in dem ich Auskunft erteilen sollte über meine Gesundheit und meine Kontakte zu potentiellen COVID-Patienten. Nachdem man nun rechts-ohrig meine Temperatur gemessen hatte, wurde ich gebeten, mich in die Fachabteilung, eine Etage höher zu begeben.

Auf dem Weg dorthin dachte ich darüber nach, dass es doch witzig wäre, wenn ich dort einen Fragebogen....

Die Sekretärin der Abteilung war sehr freundlich, bat mich in eines der vielen Behandlungszimmer. Sie hatte einen Fragebogen für mich. Ich fragte sie, ob das ihr Ernst sei. Sie erklärte mir, dass dies auch meiner Sicherheit dienen würde, wenn ich die Fragen wahrheitsgemäß beantworten würde. Ich bejahte also meine Freiheit von Erkältungssymptomen und verneinte die Frage nach Kontakten zu potentiellen COVID-Patienten. Die Dame nahm den Bogen an sich und wollte den Raum verlassen, als ich mich fragen hörte "und was ist mit Fiebermessen? Ich bräuchte noch einen Wert von der Stirn!"

Dem fragenden Blick nach zu folgen, wusste sie nicht, was ich meinte. Ich erklärte ihr, dass ich bereits zweimal innerhalb der vergangenen 10 Minuten Fragebögen ausgefüllt und Temperaturen habe messen lassen. Sie musste lachen, entschuldigte sich und warf den Bogen in den Papierkorb.

Der Oberarzt betrat wenige Minuten später in Begleitung eines Assistenzarztes das

Behandlungszimmer. Nach der Begrüßung fragte der Assi, ob bei mir bereits Temperatur gemessen wurde und wo der Fragebogen wäre, aus dem hervorgeht, ob ich Erkältungssymptomfrei...

Ich schaute ihn an und fragte "Temperatur gemessen? Bei mir? Nein, tut mir leid!"

Ich habe wirklich Verständnis für alle Vorsichtsmaßnahmen, in dieser beschissenen Zeit, aber auf der nach oben offenen Irrsinnsskala liege ich verständnistechnisch heute bei Werten um 36.5, 35.4 und 36.9 Grad.

Achja. Ich bin übrigens frei von Erkältungssymptomen... Ist schriftlich hinterlegt.

PussyPalace und Reha

Im Zuge einer etwas langwierigeren Behandlung meines lädierten Knies, wurde ich zu einer berufsorientierten Rehabilitationsmaßnahme eingeladen. Stattfinden soll diese in Duisburg, also nicht weit entfernt von zu Hause.

Ich bin sehr gewissenhaft, suche mir alles benötigte schon am Vorabend zusammen, suche mir die Adresse heraus, tippe sie in meine mobile Telefonzelle und das systeminterne Navigationsmodul zeigt mir den Weg. Vierzig Kilometer, 36 Minuten Fahrtzeit. Morgens mache ich mich extra früh auf den Weg, ichmöchte ja am ersten Tag nicht zu spät kommen.

07:25 Uhr - Auf der Autobahn lasse ich mich vom Radio mit seichter, Autofahrerkonformen Popmusik beschallen, zwischendurch höre ich den Verkehrsfunk. Meine Route ist frei. Ich muss in zwei stark befahrenen Autobahnkreuzen jeweils die Route ändern, im Berufsverkehr artet das ein wenig in Stress aus, da sich LKW-Fahrer um diese Zeit während der Fahrt entweder rasieren oder sich im Fond ihrer Fahrzeuge gerade scheinbar eine neue Hose anziehen. Nach knapp 40 Minuten ist das Ziel erreicht. Sagt die freundliche Stimme aus dem Navigationsgerät.

08:10 Uhr - Ich suche nach der Hausnummer. Diese finde ich nicht. Ich fahre die Straße zweimal rauf und runter. Kein Erfolg. In einer Parkbucht stehend rufe ich bei dem Rehazentrum an und frage nach, wo es denn zu finden wäre. Hier gibt es keine Rehaeinrichtung. Nur ein Bordell, dessen obschon nicht beleuchtete dunkelrote Reklame mir doch deutlich macht, was ich dort zu erwarten hätte, wäre nicht Pandemie.

„Pussy-Palace" Eroscenter, 20 Girls durchgehend von 10:00 – 02:00 Uhr.

Die Dame am anderen Ende der Leitung muss ein wenig lachen, das steckt an. Sie erklärt mir, dass ich im Zentrum von Duisburg bin, ich aber an den Stadtrand kommen muss. Den Straßennamen gibt es zweimal im Stadtgebiet und ich wäre jetzt ziemlich weit weg. Bei der Neueingabe der richtigen Adresse bestätigt sich – sie hat recht. Nochmals 30 Minuten fahren. Ich werde unentspannt, schaffe den Weg aber in 24 Minuten.

08:39 Uhr - Ich betrete mit 34 Minuten Verspätung ziemlich angefressen die Einrichtung. Die Dame am Empfang bemerkt meine Anspannung und erklärt mir, dass diese gleich der Entspannung weichen werde. Und hier würde das, anders, als wahrscheinlich im „Pussy-Palace" von der Berufsgenossenschaft bezahlt. In dem Moment denken wir beide wahrscheinlich dasselbe und sie beeilt sich, mir zu versichern, dass dort keine Prostituierten arbeiten würden und sie ich wohl um Kopf und Kragen redet.

Das stimmt allerdings, trifft aber genau mein Humorzentrum. Und es ist ja nicht mein Kopf.

Ist das Sprache, oder kann das weg?

Eins vorab. Ich halte mich für brauchbar gebildet. Ich habe einen Schulabschluss, meine Eltern haben mir das Sprechen beigebracht (was ich ganz annehmbar beherrsche), Ich kann "Danke" und "Bitte" sagen. Wenn ich mir morgens meine Hose anziehe, dann weiß ich, der Knopf gehört nach vorne.

Ich war eben mit dem Hund draußen. Einige Meter vor mir laufen zwei Mädels. Vielleicht 16, 17 oder 18 (was vollkommen egal ist). Die beiden unterhalten sich. Was man halt so Unterhaltung nennt, wenn man sprachlich einen Mix aus Nuscheln, südasiatischem Hirtendialekt und irgendwas ähnlichem wie deutsch spricht. Natürlich reden alle jungen Menschen heute so. Aber es ist schmerzhaft, wenn das eigene Trommelfell derart gequält wird.

Mädel 1: "Hatter Domi disch vollgelabert?"

Mädel 2: "Alter, Dominic, der Opfer, Alter, der hat misch voll angequatscht!"

Mädel 1: "Und? Wat wollta?"

Mädel 2: "Ey, der hat gelabert von Becky, die alte Fo%?e!"

Mädel 1: "Laber, Alter!"

Mädel 2: "Schwör Alter, der Opfer soll ma erstma deutsch lern, der soll ma Sondaschule gehn!"

Kennt ihr das Gefühl, wenn die Jacke zu eng wird, weil die Gänsehaut Platz braucht?

Kreissäge und Betten beziehen

Ich hatte bereits ein Leben, bevor ich dem Alltag schutzlos ausgeliefert immer wieder in die offene Klinge gelaufen bin. Mir sind Menschen begegnet, die für immer einige Cluster unlöschbar auf meiner Festplatte belegen werden. Ich habe beschlossen, mit Euch zu teilen.

Damals, neunzehnhundertdreiundneunzig war es, da begegnete ich Helga. Frei nach Peter Maffay… Ich war 19 und sie 63. Ich hatte direkt nach der Schule einen neuen Abschnitt in meinem Leben begonnen. Zivildienst im Krankenhaus. Ich wurde Schwester Helga zugeteilt, die dem Vernehmen nach ganz gut mit jungen Leuten konnte. Eine kurze Vorstellung. Helga, Patrick. Patrick, Helga. Ich begreife erst später, dass sie meinen Namen nicht richtig verstanden hat. Sie wird mich von nun an „Patrix" nennen und sich wundern über diese neumodischen Namen. Sie verortet mich geburtstechnisch irgendwo im skandinavischen Bereich. Wikinger oder so.

Ich bekomme von ihr erklärt, was Frühdienst in einem Krankenhaus bedeutet. Zunächst einmal Patienten wecken und dann Betten machen. Um das ganze unwichtige Zeug, wie Vitalwertkontrolle etc. soll ich mich erstmal nicht kümmern. Ich überlege noch, wie ich für mich fremde Menschen, Krankenhauspatienten zudem, am besten ohne großen Stress aus dem Land der Träume befreien kann, als Helga die erste Patientenzimmertür schwungvoll öffnet, den Lichtschalter betätigt und in das aufflammende Flutlicht ins Zimmer ruft „Guten Morgen!" Ihre Stimme hat dabei den Charme einer Kreissäge, versucht, Stahl zu sägen und mit ihrer Lautstärke könnte sie das Westfalenstadion ohne Mikrofon beschallen.

Jetzt, wo die Patienten schon einmal wach sind, geht Schwester Helga von Bett zu Bett und misst Blutdruck und Puls und erkennt hier einen „strammen Blutdruck" und dort einen „ziemlich fixen" Puls. Mich wundert das nicht, steht den Damen und Herren auch in den folgenden Zimmern der Schreck ins Gesicht geschrieben. Wir betreuen eine Hälfte der Station. In dem Zimmer, in dem wir zuerst den Morgenappell vollzogen haben, geht es nun ans Betten machen. Endlich kann auch ich etwas tun und lasse mir erklären, wie zeitsparend und systematisch gearbeitet wird. Helga erklärt, während sie ihre Hände rasend schnell über das Bett fliegen lässt, dass ich „so" und „so" machen müsste. Während ich versuche, „so" und „so" mit dem gesehenen zu verbinden, ist das Bett bereits fertig. Bei der nächsten Schlafstatt will ich aber auch mal. Wieder die gleiche Erklärung in Verbindung mit Bewegungen in Lichtgeschwindigkeit.

Mir flimmern die Augen, die mir angebotene Fülle an Informationen kann ich nicht so schnell verarbeiten und ich stehe somit reichlich hilflos neben jedem folgendem Bett, während mir erklärt wird, wie das Ganze funktioniert.

Unsere Hälfte der Station ist fertig gebettet und zwar so schnell, wie der Schnelldurchlauf der Kandidaten beim ESC. Helga wird mir mit ihrer Altersmilde zubilligen, dass ich ja noch Zeit hätte das zu lernen. Da hat sie recht. 15 Monate. Mit Schwester „The Flash" Helga.

Gelber Salon und Thrombose

Meine Zivildienstzeit war durchzogen von skurrilen Begegnungen. Damals, ich war noch jung und nicht offen für die wahre Bedeutung dieser Begebenheiten, habe ich diese oft kopfschüttelnd wahrgenommen.

Zu dieser Zeit durfte man noch im Krankenhaus rauchen. Dazu gab es bei uns im Haus auf jedem Flur zwei große Raucherzimmer. Wir nannten sie liebevoll die „gelben Salons". Zu den Stoßzeiten, meist nach den Mahlzeiten, tummelten sich dort so viele Raucher, dass diese durch den entstandenen Dunst beinahe nicht mehr zu erkennen waren. Wollte man also einen Patienten aus dem Bereich abholen, musste man meist den Namen in den Nebel hineinrufen. War die Räucherware im Salon, bekam man entweder eine Antwort, oder man konnte bald nach dem hineinrufen eine menschliche Silhouette erkennen, die sich ihren Weg durch die Schwaden bahnte.

Auf Station ein Mann mittleren Alters. Eingeliefert mit Thrombose. Der Arzt verordnet absolute Bettruhe. Am Kopfende des Bettes ist eine

Infusionsmaschine angeschlossen, die dem Patienten eine immergleiche Menge an Heparin zur Blutverdünnung einflößt. Absolute Bettruhe ist an sich ja schon blöd, aber als starker Raucher kommt man plötzlich an seine Grenzen. Der Mann ist unentspannt, weil der Asphaltbelag auf dem Weg tief in seine Lunge hinein bröckelig wird. Er würde da gerne Reparaturarbeiten vornehmen und fragt höflich, ob er im Patientenzimmer rauchen darf. Wir könnten ja das Fenster aufmachen. Wir verneinen. Aus dem Unentspannt sein wird Wut, die sich in wüsten Beschimpfungen Ausdruck sucht.

Die Situation wird auch für die Bettnachbarn unangenehm, also rufen wir den diensthabenden Arzt an und fragen, was wir tun können. Mit dem Gesprächsergebnis betrete ich, als Zivi das Zimmer. Er dürfe, weil er starker Raucher ist, drei Zigaretten am Tag rauchen. Dafür würden wir ihn mit dem Bett in das Raucherzimmer fahren und dann wieder zurückbringen. Mehr als drei Tabakstäbchen darf er nicht, die Thrombose kommt ja nicht von ungefähr. Er ist sehr einverstanden, schnappt sich eine Tothändle ohne Filter und ab geht die wilde Fahrt. Mit dem Bett in die Nebel von Avalon oder hier besser: in den Nebel des Grauens. Ich bin am Ende meiner Schicht angelangt, während der Übergabe an die Nachtschicht trinke ich meinen Kaffee aus, verabschiede mich mit der Mittagsschicht zusammen und verlasse die Station um 21:00 Uhr.

Der folgende Arbeitstag hat für mich erneut eine Mittagsschicht vorgesehen. Ich betrete gutgelaunt das Dienstzimmer. Die Laune ist merklich gedrückt. Schwester Birgit fragt mich, ob ich wüsste, was mit dem Thrombosepatienten passiert ist. Ich bin überrascht und überfragt, da eröffnet sie mir, dass ich ihn ja gestern in den Salon geschoben habe. Ich nicke. Sie fragt mich, ob ich ihn auch wieder auf sein Zimmer geschoben habe. Ich würde mich gerne dumm stellen, aber ich ahne, dass bereits klar ist, dass ich einen Bock geschossen habe. Er ist der Nachtschwester als Neuzugang unter dem Radar abhandengekommen, sie hat ihn schlicht nicht vermisst, umso größer war ihre Überraschung, als plötzlich ein Mann mit Gipsarm und ein weiterer mit Schädelverband das Bett auf die Station schoben. Ich hatte schlicht vergessen, ihn wieder zurückzuholen. Der Herr lag in seinem Bett, gepeinigt mit absoluter Bettruhe im teerigen Dunst und wartete bis 23:30 Uhr auf den Rücktransfer ins Zimmer, bis sich zwei Nachtschwärmer auf dem Weg zur „Gute-Nacht-Kippe" erbarmten und ihn durch den Gang schoben.

Ich bin reichlich zerknirscht, mache mich sofort auf den Weg zu dem Herrn und möchte mich mit klopfendem Herz entschuldigen. Seine Frau sitzt neben ihm. Er schaut mich lange an und möchte etwas sagen, als ihm seine Frau zuvorkommt, sich bei mir bedankt und zu ihm sagt „das geschieht Dir recht!".

Er hat durchgehalten und keine Zigarette mehr geraucht, bis er wieder aufstehen durfte, aus Angst, ich könnte ihn wieder irgendwo vergessen.

Der Kevin hat einen Versuch gemacht

Ich habe beruflich schon einiges erlebt und vieles ausprobiert, wenn auch nicht immer ganz freiwillig. Ich bin Koch. So richtig mit Ausbildung. Und ich habe den Beruf erlernt mit allem Herzblut und mit Freude. Ich habe in der Ausbildung Chaoten kennengelernt, eine ganz eigene Weihnachtsinszenierung auf die Beine gestellt, hatte Zeiten, in denen ich in irgendwelchen Fertigfraßbutzen Stunden geprügelt habe und wollte dann ankommen. Beruflich sesshaft werden. Ein Bildungszentrum schien mir hier ein geeigneter Hafen zu sein. Geregelte Arbeitszeiten, gute Bezahlung und ich konnte mein Wissen weitergeben- vielleicht etwas zu blümerant gedacht- wie ein Druide sein Wissen an den nächsten weitergibt. So der Plan.

Lassen wir das ganze sentimentale Gequatsche sein und wenden uns der Realität zu.

Bildungszentren verkommen mehr und mehr zu Sammelstellen von oftmals jungen, orientierungslosen und unmotivierten Menschen, die nur deswegen erscheinen, weil es geheizt ist. Hier finden sich die Keimzellen des Kevinismus.

Der Name Kevin ist heutzutage - freundlich ausgedrückt - negativ belegt.

Er steht für die Unbeholfenheit, Unwissenheit und latent zunehmende Dummheit einer Generation, die sich keine Gedanken darüber macht, wie die Zukunft auch durch sie positiv gestaltet werden kann. Kevin ist ein Platzhalter. Kevin ist die Generation Spielkonsole, die Generation Gangsterrap, die hilf- und planlos durch die Gegenwart taumelt und unfreiwillig komisch am Alltäglichen zu scheitern droht. Wir schauen auf diese Generation, schütteln den Kopf und befürchten den Untergang des Abendlandes. Oder wir bilden sie aus.

„Herr Schraven, der Kevin hat einen Versuch gemacht, der braucht Hilfe!" Ein Satz, der mich nie wieder loslassen wird.

Eine junge Frau steht in meinem Büro und spricht diese Worte. Ich frage sie, was passiert ist. Sie hält kurz inne und erklärt mir dann, dass sie das nicht erklären könne. Ich müsse das selber anschauen.

Ich eile hinter ihr her. Sie läuft in Richtung des Tiefkühlhauses. Dort, vor der geöffneten Tür hat sich eine Traube von Teilnehmern gebildet, die teilweise lachend, teilweise erschrocken in die Tiefkühlzone blicken. Ich denke an einen Sturz, an einen gebrochenen Arm vielleicht und bahne mir den Weg durch die Menge.

Ich werde dieses Bild für immer vor Augen haben. In der TK-Zone steht ein Auszubildender. Sein Name ist Kevin. Kevin ist in einer misslichen Lage, denn er klebt mit seiner Zunge bei minus 14 Grad an einem der Metallregale, in denen die Ware gelagert ist. Einem ersten Reflex folgend, möchte ich mein Smartphone zücken und ein Foto machen. Ich erinnere mich jedoch an meine Vorbildfunktion, versuche möglichst ernst zu bleiben und überlege, wie ich ihn befreien könnte. Die Gruppe ist voll motiviert. Einer schlägt vor, man könnte ihn abschneiden, die Zunge wäre ja eh betäubt durch die Kälte. Wieder ein anderer möchte seinem Kollegen mit heißem Wasser zu Leibe rücken. Dazu gesellt sich die Idee, einfach feste an seinem Kopf zu ziehen. Ich erinnere mich daran, tröpfchenweise kaltes Wasser auf die klebende Stelle zu tropfen, bis sich das angeklebte Körperteil gelöst hat. Lange zwanzig Minuten später ist Kevin befreit. Ein kleiner Hautfetzen der Zunge blieb jedoch kleben, als er seinen Kopf selber ruckartig nach hinten nahm. Im Büro reiche ich ihm ein Handtuch, denn er blutet. Auf dem Weg in die Notaufnahme frage ich ihn, wie das passieren konnte, diese Information benötige ich ja schließlich auch für den Unfallfragebogen der Berufsgenossenschaft. Er erklärt freimütig, dass er einen Film gesehen hat („Dumm und dümmer"). Zwei Trottel lecken im kanadischen Winter an einer Laterne und kleben fest. Er wollte ausprobieren, ob das wirklich funktioniert.

Hat es.

Nach einer Woche erhalte ich den Fragebogen der BG per Post. Um die Angelegenheit schnell zu erledigen, sende ich die Antwort (mit der detaillierten Beschreibung des Unfallgeschehens) per Fax zurück und erhalte postwendend per Mail eine Nachricht mit dem Inhalt: „Wir sind die Berufsgenossenschaft und kein Zirkus. Bitte antworten sie ernsthaft!". Ich greife zum Telefonhörer und rufe die Dame an. Ich erkläre ihr freundlich aber bestimmt, dass es mir bitterernst ist. Für einen Moment füllt Stille die Leitung, bevor sie mir ihr aufrichtiges Mitleid ausspricht „Sie armer, armer Mann!" Recht hat sie.

Die Dame der BG hat dann für alle Teilnehmer eine Infoveranstaltung zum Thema „Arbeitssicherheit" veranstaltet. Schwerpunkt: Verletzungen durch Kälte…

Geisterbahn und Zierfische

Es begab sich zu einer Zeit, in der sich die Menschen aufmachten, Lebensmittel in Supermärkten zu kaufen...

Langes Intro, kurzer Würgereiz, ich fang mal an:

Ich war heute einkaufen. Mit einer Einkaufsliste bewaffnet habe ich den örtlichen Supermarkt angesteuert. Auf dem Parkplatz angekommen, musste ich bemerken, dass viele andere dieselbe Idee hatten. Ich finde einen Parkplatz, möchte aussteigen, als sich vor meinem Auto, quasi in Zeitlupe ein Rudel Personen vorbeischiebt. Man soll nicht nach Äußerlichkeiten urteilen, aber es sah so aus, als ob die örtliche Geisterbahn Betriebsausflug hat. Beim Öffnen der Tür höre ich diese Personen reden und fühle mich bestätigt... Geisterbahn.

Ich atme durch und bewaffne mich mit einem Einkaufswagen, den ich zielstrebig in Richtung Eingang des Konsumtempels lenke. Im Augenwinkel sehe ich die noch vom Weihnachtsgeschäft übrig gebliebene Verkaufsbude, die gebrannte Mandeln, etc. zum Kauf anbietet. Es schwallt ein Geruch von irgendetwas lecker kandiertem zu mir herüber. Lecker, denke ich und auch gemein, denn ich mache Diät, als unvermittelt der Geruch von Fisch und seinen frittierten Ablegern meine Geruchsnerven überfallen und hier einen versuchten Totschlag begehen. Richtig. Mittwochs gibt es vom Holländer ebenfalls in einer Verkaufsbude auf dem Parkplatz frittiertes Meeresgetier. Lecker, wenn man es isst, unangenehm, wenn man eben noch in Gedanken an gebrannte Mandeln plötzlich Nemo und Dorie im Nasenflügel hat.

Ich bemühe mich, schnell weiter zu kommen und bekomme langsam das Geruchs-Gulasch aus meiner Nase, während ich meine Einkaufliste abarbeite. Nachdem ich die Kasse hinter mir gelassen habe, bereite ich mich auf den Mandel-Fischgeruchscocktail vor. Beim Verlassen des Marktes sehe ich ein Büdchen mit "Bulle Bäucksken", frittiertem Gebäck, in Zucker gewälzt, zart im Geschmack, dem Hüftspeck wohlgesonnen. Ich höre die kleinen Gebäckstücke rufen: „Komm schon, Du willst es doch auch!" und beeile mich, daran vorbei zu kommen. Hier nun erwartet mich der Imbiss, der seit

Jahrhunderten bereits frittierte Kartoffelstäbchen und Brät im Kunstdarm anbietet, jedoch wurde scheinbar das Fett der Fritteuse gefühlt genauso lange nicht gewechselt, sodass mir hier der nächste unangenehme Geruch den Tag versauen will. Vor dem Imbiss steht die Geisterbahn und freut sich über eine warme Mahlzeit, während der Holländer aus seinem Wagen ruft, wie unglaublich lecker Dorie und Nemo frittiert schmecken. Aus dem Rückraum weht noch der Geruch von Bulle Bäucksken über meine Nase und ich sehe ein Kind mit einer Tüte gebrannter Macadamianüsse.

Ich beeile mich, zum Auto zu kommen, verstaue meine Ware und fahre vom Hof.

Jetzt, wo ich hier sitze und diesen Text schreibe, habe ich Hunger, kann mich aber nicht entscheiden. Frittierte Mandeln, in Zucker gewälzter Zierfisch oder doch lieber den Geisterbahnteller vom Imbiss.

Das Krippenspiel aus Hack

Wie bereits erwähnt, habe auch ich einmal eine Ausbildung gemacht. Auch, wenn es mir schwerfällt, zuzugeben… Auch ich zeigte damals bereits deutliche Zeichen von Kevinismus.

Der Beginn der Ausbildung war wenig aufregend. Die üblichen Tätigkeiten eines Neulings in der Küche beschränkten sich zunächst auf Hygienearbeiten oder dem Beschaffen von Material aus einem der vielen Lager oder Kühlhäuser. Unterbrochen wurde diese recht eintönige Arbeit durch das Üben von Schneidetechniken, vorzugsweise mit Hilfe von Zwiebeln.

Ich habe in den ersten sechs Monaten in dieser Küche gefühlt 100 Kilo feine Zwiebelwürfel geschnitten, dabei auch das eine oder andere Mal meine Fingerkuppen und habe bis zur Dehydration der ätherischen Öle wegen geweint. Zumindest kam es mir so vor. Zur Auflockerung des eintönigen Arbeitsalltages durfte ich manchmal mit an das "Band". Ein Fließband, welches sich unerbittlich mit gleichbleibender Geschwindigkeit an diversen Posten vorbeischob, an denen das von den Patienten gewählte Essen auf Tabletts aufgeladen wurde. Ich hatte die einzige Aufgabe, darauf zu achten, ob der Patient Obst, Joghurt oder nichts wollte. Somit legte ich circa 850-mal am Tag das eine, das andere oder nichts rechts unten auf das Tablett, bevor es hinter mir in die Transportwagen geladen wurde.

Ein Auszubildender, der bereits seit einem Jahr dabei war, wurde mir von einem auf den anderen Tag an die Seite gestellt. Mit konkreten Arbeitsaufträgen ausgestattet, wurden wir nun nach dem morgendlichen Kaffee in den Arbeitstag entlassen. Wir waren eigentlich ständig zusammen. J. war kreativ, fleißig, ein wenig chaotisch und ich schaute mir eine Menge von ihm ab. Dass das nicht immer von Vorteil sein sollte, durfte ich im Dezember erfahren.

In der Vorweihnachtszeit ging es im Haus etwas ruhiger zu. Viele Patienten, die nicht zwingend stationär behandelt werden mussten, waren nach Hause entlassen, es war immer noch genug zu tun, aber ein entspanntes Arbeiten. Frikadellen auf dem Speiseplan waren gefürchtet, denn es mussten Unmengen davon produziert werden. Pro Patient waren zwei eingeplant, es wurde noch ein Altenheim und zwei Kindergärten beliefert. Der Arbeitsauftrag für J. und mich war klar. 900 Hackpralinen mussten gedreht und gleichmäßig auf Bleche verteilt werden. Die Hackmasse war bereits fertig angemischt. Dieser unglaubliche Berg, der da in einer Wanne lag und darauf wartete, geformt zu werden...

Wie gesagt, es war ruhig in dieser Zeit und wir hatten nichts anderes zu tun, als uns um diese eine Aufgabe zu kümmern. Beim Morgenkaffee hatte es jedoch weihnachtliches Gebäck gegeben, das Radio spielte "Last Christmas" und so waren wir uns einig, dass wir dem Weihnachtsfest unseren ganz eigenen Stempel aufdrücken wollten.

Das Krippenspiel aus Hack!

Da die Masse aus Rinderhack bestand, war sie recht fest in der Konsistenz. Sie ließ sich hervorragend formen. J. begann mit Melchor, zumindest behauptete er das. Ich war bescheidener und versuchte mich am Jesuskind. Der Körper war schnell geformt und mit den klein geschnittenen Zwiebeln ließen sich Augen und Mund darstellen.

Wir waren voll in unserem Element. Casper, Melchor und Baltasar waren schon fast fertig, das Jesuskind lag in einer Gehacktes-Brötchen-Krippe, der Esel bereitete uns jedoch Probleme. Trotz vierer Beine wollte er einfach nicht stehen bleiben. Plötzlich verdunkelte sich unser Arbeitsplatz. Irgendetwas war zwischen der Deckenbeleuchtung und unserem Kunstwerk. Herr M., der Küchenchef hatte sich dazu entschlossen, zu kontrollieren, was wir so treiben und er näherte sich uns hinterrücks. Es war zu spät, das Krippenspiel zu vernichten, zudem war bis zu diesem Zeitpunkt keine einzige Frikadelle gedreht, obwohl wir längst hätten auf der Zielgerade sein müssen.

Herr M. beorderte uns in sein Büro.

J. wusste bereits, was nun kommen würde, er hatte sich schon das eine oder andere Mal in dieser Situation befunden. Das Büro ist mitten in der Küche gelegen. Ein Glaskäfig, von allen Seiten einsehbar und hier stand stets die Tür auf. Jetzt, nach den Monaten, die ich bereits dort gearbeitet hatte schloss sich diese Tür zum ersten Mal hinter mir.

Herr M. setzte sich auf seinen Stuhl. Das war nett, so begegneten wir uns -zumindest was die Körpergröße anging- auf Augenhöhe.

Die folgenden Minuten waren ein deutlich formulierter Vortrag unseres Vorgesetzten zum Thema "Umgang mit Lebensmitteln".

In einer Lautstärke, die bereits nach wenigen Augenblicken ein Tinnitus artiges Geräusch in meine Ohren zauberte. Je länger der Chef tobte, umso mehr hatte ich das Gefühl, ich würde schrumpfen. Ein Anschiss erster Klasse. Am Ende stand die Ankündigung, dass wir für unsere fehlgeleitete Kreativität eine Abmahnung erhalten sollten. Wenige Tage später wurde uns diese auch feierlich in eben diesem Büro überreicht mit den mahnenden Worten des wort- und Dezibel gewaltigen Küchenchefs, er wünsche sich nun keine weiteren Spinnereien mehr.

Natürlich sollte man bestrebt sein, seine Ausbildung nicht dadurch zu gefährden, dass man sich kindlichen Späßen hingibt. Aber wie bereits am Anfang beschrieben... Auch ich litt immer unter einer milden Form des Kevinismus.

Mit mir hatte eine Auszubildende angefangen. Sie war klein, blond... um nicht
zu sagen sehr klein und sehr blond.

Sie hatte den Arbeitsauftrag bekommen,
Schweinefilets anzusteifen. Man hatte
sie mit diesem Auftrag und gefühlten 60
Filets alleine gelassen. Also fragte sie J.,
ob er ihr helfen könne. Wir räumten grade Ware ins Trockenlager und für einen
kurzen Moment war J. verschwunden.
Mit einem Grinsen kam er wieder und
freute sich diebisch.

Ich vermutete, dass dieses Grinsen und
das Gelächter, welches aus der Küche
zu uns herüberschallte im Zusammen-
hang standen. Wir gingen in die Küche
und da stand die arme. Umringt von
den Köchen und der Verzweiflung
nahe, erklärte sie, dass J. ihr gezeigt hätte, dass man Schweinefilets ansteift, indem man sie am dicken Ende anfasst
und mit der anderen Hand gleichmäßig
den Rest des Fleisches fest umgriffen
reibt, bis das Filet steif ist. Die Köche
fachsimpelten, warum die Filets einfach
nicht steif werden wollten... Vielleicht
falsche Technik, vielleicht kalte Finger.
Das Mädel war völlig runter mit den
Nerven, als ihr der Küchenchef dann erklärte, dass "ansteifen" bedeutet, das

Fleisch mit starker Hitze scharf anzu-
braten, damit es dann im Ofen fertig ge-
gart werden kann.

J. durfte dann noch kurz mit dem Chef
ins Büro, hinter beiden schloss sich die
Tür...

Ghettoblaster

Ich hatte bereits erwähnt, dass ich eine berufliche Vergangenheit in einem Bildungszentrum hatte. Irgendwann musste ich auch mal dort angefangen haben. Hatte ich bis vor kurzem diese Episode eigentlich fast aus meinem Gedächtnis radiert, kommt sie nun wieder auf die Bildfläche. Und zwar mit Wucht. Die folgenden Seiten beschreiben bruchstückhaft -mehr würde zu einer passablen Depression führen- den Beginn der ersten Maßnahme, die ich begleiten musste.

Durfte! Begleiten durfte...

Der Beginn einer neuen Maßnahme wurde immer gleich begangen. Im Übungsrestaurant wurde ein großer Tisch gedeckt, es gab Gebäck, belegte Brötchen, Kaffee und Wasser. Es sollte zum Ankommen ein gemütliches Beisammensein stattfinden, um die neuen Teilnehmer willkommen zu heißen. An diesem Tag waren alle neu angemeldeten anwesend. Also fast alle. Einer fehlte. Laut Liste sollte er zu meiner Gruppe gehören. Mein Standortleiter begrüßte die Neuankömmlinge mit warmen Worten, als plötzlich die Tür zum Übungsrestaurant schwungvoll geöffnet wurde.

Es wurde kalt. Ein junger Mann, circa 1, 65 Meter groß stand dort. Auf den hoch gegelten Haaren lag eine Baseballkappe, der Schirm war keck nach schräg rechts hinten gedreht. Seine Camouflage Hose mit den Schlabberbeinen hing nur durch einen Gürtel gehalten knapp über der Schamhaargrenze, die zu erahnen war, weil sein Basketballtrikot nur knapp seinen Bauchnabel bedeckte. Um den Hals trug er eine überdimensionierte Chrom-Alufelgenimmitation als Uhr an einer silbernen Kette. Stille im Raum. Er hob seine linke Hand wie ein Gangsterrapper mit abgewinkeltem Handgelenk und rief der verdutzten Gesellschaft zu: „Yo yo yo, DJ-Ghettoblaster in da House!"

Nach einer kurzen Schockstarre grinste mich mein Standortleiter an und sagte fast mitleidig: „Das ist Deiner!" Ich wollte das nicht.

Als Arbeitsbeginn wurden den Damen und Herren und Ghettoblastern die Uhrzeit 07:30 Uhr genannt. In den ersten Tagen wurde klar, dass die meisten diesen Zeitpunkt als ungefähren

Richtwert, beziehungsweise als Empfehlung wahrnahmen. Irgendwann um kurz nach acht Uhr waren dann so viele Teilnehmer da, dass es sich lohnte, den Arbeitstag zu beginnen. Nachdem weitere lange Minuten ins Land gezogen waren bis die Leute umgezogen in Arbeitskleidung in der Küche standen, versorgten wir uns mit Kaffee und begannen den Tag mit einem kurzen Plausch. Ich war neugierig und wollte erfahren, ob jemand schon Erfahrung hatte in der Gastronomie. Einige hatten bereits bei einer großen Fastfoodkette gearbeitet, andere schon einmal gekellnert. Ein junger Mann, Italiener, erzählte, dass sein Vater ein eigenes Restaurant hat und er schon ziemlich genau wisse, wie man kocht. Meine Frage, warum er dann hier sei und nicht im Laden seines Vaters beantwortete er knapp: „Mein Vater hat keinen Bock auf Idioten!"

Der erste Tag in einer professionellen Küche dient immer der Orientierung. Alles ist größer, als man es von zu Hause kennt, es gibt Geräte, die fremd sind. Ich versammelte die wenigen, die tatsächlich gekommen waren, um mich und erklärte grundlegende Dinge, wie Aufteilung der Küche, unsere Arbeitsweise,

Unfallverhütungsmaßnahmen. Ich hatte grade erklärt, dass wir hier scharfe Gegenstände in der Küche haben und man bitte vorsichtig sein soll mit dem Umgang, als ein junger Mann vor mir stand. Seine eben noch jungfräulich-weiße Schürze war befleckt mit Blut. Die erste Schnittverletzung am ersten Tag. Das ging ja gut los. Ich muss dazwischenschieben, dass eine Statistik über arbeitsunfallfreie Tage bei uns jämmerlich verkümmert wäre, denn es wurde in den folgenden Monaten nicht besser. Wusste ich in allen Betrieben, in denen ich vorher beschäftigt war, wo im Schrank das Unfallbuch lag, so wusste ich spätestens hier, wo ich es auch nachbestellen kann.

Es war unsere Aufgabe, morgens für die Frühstückspause Brötchen zu belegen. Dafür lieferte ein hervorragender Bäcker aus Duisburg Rheinhausen jeden Morgen frische Backwaren. Einer Liste war zu entnehmen, welche Brötchensorte wie belegt werden sollte. Ich organisierte morgens immer schon einiges, weil ich dachte, Brötchen schmieren kann nicht so ein großes Problem sein.

Ich dachte falsch.

Auf dem Weg durch die Küche kam ich am Mülleimer vorbei. Beim flüchtigen Blick hinein bemerkte ich ALLE bemehlten Roggenbrötchen im Müll. Meiner Irritation folgte die Frage in die Runde, warum die Brötchen im Abfall liegen würden. Großes Erstaunen in der Runde. Schließlich erklärte man mir, dass die Brötchen schimmelig seien (Mehl) und außerdem krass verbrannt (Roggenbrötchen halt). Gefolgt von der Frage, warum ich das nicht wisse. Mein Kollege, der sich in der Küche einen Kaffee geholt hatte, grinste in seine Tasse, lachte leise wie eine Hyäne und ließ mich mit der Gruppe und dieser Antwort allein.

Diese Gruppe war es auch, die schimpfend und fluchend in meinem Büro stand und sich über die Qualität der Äpfel beschwerte, die geschält werden sollten für die Herstellung von Apfel-Pfannkuchen. Ich folgte den immer noch aufgebrachten Teilnehmern in die Küche, wo auch ich ob der Situation ein wenig lachen musste. Sie hatten mir geschildert, dass sie versucht hätten, mehr als zehn Äpfel zu schälen, aber die einfach zu weich und überhaupt „Scheisse" wären. Ich bat um Ruhe und erklärte freundlich aber bestimmt, dass sie nun die

Tomaten wieder ins Kühlhaus räumen könnten...

Mein Kollege und ich unterhielten uns auf dem Flur über eine Bestellung, die noch zu machen sei, als sich ein Teilnehmer zu uns gesellte und ein dringendes Anliegen vorbrachte. Wie alle anderen auch, hatte er seine Arbeitskleidung von uns erhalten. Vorab mussten in einem Fragebogen die Kleider- und Schuhgrößen angegeben werden. Dieser junge, 23-jährige Mann stand nun reichlich unglücklich vor uns und klagte darüber, dass ihm seine Schuhe zu eng seien. Sie würden höllisch drücken und Schmerzen verursachen. Er könne unmöglich noch einen Tag damit herumlaufen. Mein Kollege schaute an ihm herunter und erklärte ihm ernsthaft, dass er, um Schmerzen zu verhindern, den linken Schuh auch an den linken Fuß ziehen müsse. Erst jetzt folgte ich seinem Blick und sah das Malheur. Er hatte schlichtweg die Schuhe vertauscht. Peinlich berührt schlich der junge Mann davon. Mein Kollege sah meinen Gesichtsausdruck und beantwortete mir meine nicht laut gestellte Frage. Ja, das wäre der normale Wahnsinn und ich hätte Glück, dass es so harmlos losgehen würde.

Harmlos also war der Start dieser Truppe. Mich beschlich ein komisches Gefühl und ich sollte Recht behalten.

Wenn sich junge Menschen bewegen zwischen Selbstüberschätzung, Arroganz und Größenwahn, dann droht man die Kontrolle zu verlieren. Ich zahlte Lehrgeld. Alles, was ich in meinem Ausbildereignungslehrgang gelernt und geübt hatte, wurde hier ad absurdum geführt. Statt wissbegierigen, jungen Menschen stand ich hier nun einer Horde Orks gegenüber. Die Zusammensetzung dieser Horde änderte sich ständig. Eigentlich gab es 35 Teilnehmer, von denen aber immer nur circa 20 anwesend waren, wie bereits erwähnt in verschiedenster Konstellation. Zum Wochenende hin häuften sich die Krankmeldungen und der Start in eine neue Woche war immer gleich. Die, die anwesend waren, hatten am Wochenende -wie auch immer- ihr Hirn auf Werkseinstellungen zurückgestellt. Mühsam erarbeitetes war scheinbar irgendwo zwischen Alkoholexzessen und Konsum von nicht zulässigen Substanzen ausradiert worden.

Nach einer gewissen Zeit, in der die Teilnehmer irgendwo im „System Bildungszentrum" ihren Platz gefunden hatten, wurde das Arbeiten etwas entspannter. Man hatte die Teilnehmerzahl drastisch reduziert, indem man zum Beispiel diejenigen aussortiert hatte, die eh nie da waren. Von den noch verbliebenen wurden die „besten" in Ausbildungen vermittelt. Da nun die besten nicht mehr da waren, konnte ich mich mit ganzer Kraft dem Rest der Gruppe widmen. Was beinahe romantisch klingt, war jedoch nichts anderes als ein „Perlen vor die Säue werfen", eine mitunter sinnentleerte Verschwendung von Sauerstoff.

Die Damen und Herren schrieben gegen Ende jeder Woche einen Speiseplan für die folgende Woche. Darin sollten sie berücksichtigen, was bereits erlernt wurde, eine gewisse Abwechslung, die Machbarkeit, Kosten. In einer Theoriestunde wurde dann das Ergebnis besprochen und meistens nachgebessert. Die Kollegen und Teilnehmer, die im mittags ins Restaurant kamen, bezahlten für ein Mittagessen 2,50 Euro. Somit gab es einen gewissen Kostendruck, wenngleich die Mahlzeiten natürlich subventioniert waren.

Ein Rumpsteak mit Backkartoffel und Salat war vom Kostenfaktor ebenso ausgeschlossen, wie auch Kalbsfilet...

Nun also Reibekuchen.

An diesem Morgen deutete nichts auf das Desaster hin, die sich nur zwei Stunden später ereignen sollte.

Wir saßen morgens zusammen und besprachen bei einem Kaffee, wer welche Aufgabe übernehmen sollte. Es musste Apfelmus hergestellt werden, ein dunkles Brot gebacken und die Reibekuchenmasse. Mit einem Rezept bewaffnet machte sich die „Gruppe Apfelmus" ans Werk. Die Brotbacktruppe hatte sich ein einfaches, daher machbares Rezept aus dem Internet besorgt. Unser Italiener, seines Zeichens Sternekoch, gefangen im Körper eines Teilnehmers, wollte sich alleine um den Reibekuchenteig kümmern. Ich fragte ihn nach einem Rezept. Er tippte sich an die Stirn und sagte voller Überzeugung: „Alles hier drin!" Okay. Es war ein netter Anblick, als ich aus dem Schulungsraum in die Küche kam. Es wurden Töpfe aufgestellt, Material zusammengesucht, es war ein chaotisches, aber durchaus kreatives Gewusel. Ich beantwortete noch ein paar Fragen und ging für einen kurzen Moment ins Büro. Mein Kollege hatte heute keine Teilnehmer, konnte sich also um Dokumentation und Buchhaltung kümmern. Er sah mich an. Ich erklärte ihm, dass die Gruppe in der Küche beschäftigt sei, und ich mal für einen Moment sitzen und meinen Kaffee in Ruhe austrinken könnte. Er lachte wieder wie eine Hyäne und murmelte „, wenn Du meinst..." Zehn Minuten später betrat ich erneut die Küche. Alle waren schwer beschäftigt.

In einem Topf köchelte bereits das Apfelmus. Im Ofen standen sechs Brote, die wir niemals gebraucht hätten, man hatte sich mit der Rezeptmenge vertan. Das war aber egal. Man war produktiv. In einer Ecke der Küche hatte unser italienischer Starkoch alles aufgebaut, was er zur Teigherstellung benötigte. Während ich mit zwei Damen das Mus abschmeckte und diverse Fragen beantwortete, lief die Reibemaschine an. Man konnte hören, wie sich Kartoffel für Kartoffel in feine Schnitze verwandelten. Etwas jedoch war irritierend. Irgendein Geräusch störte mich. Ich drehte mich zum Ort des Geschehens. Das Geräusch kam von der Maschine, die sich ihrer Bestimmung folgend mit den Kartoffeln abmühte. Diese jedoch waren nicht geschält. Das

Knirschen, welches mich hatte aufhorchen lassen, war der feine Sand, der quasi mitgerieben wurde. Italiens neuer Stern am Köchefirmament gab einen ungeschälten Erdapfel nach dem anderen in das Gerät und schien sich seiner Sache ziemlich sicher.

Ich gesellte mich zu ihm und fragte ihn, ob alles in Ordnung sei. Seine Antwort war schnell, präzise und kurz: „Ja".

Ich fragte ihn nach den Besonderheiten seines Rezeptes und er erklärte mir, dass es ein klassisches deutsches Rezept sei, bei dem man nichts falsch machen könnte, während er die restlichen Pataten samt Schale und Dreck zu Spänen verarbeitete. In der Auffangschüssel hatte sich die ausgetretene Stärke mit der ebenfalls ausgetretenen Flüssigkeit -und dem Dreck- vermischt. Eine schmutzig-braune Masse. Meine Frage, ob er das für richtig halten würde, bejahte er erneut.

Ich dachte an meine Kollegen, der mir noch vor wenigen Minuten ein von diebischem Lachen begleitetes „wenn Du meinst" mit auf den Weg gegeben hatte.

Weiter auszuführen, welchen Weg das Mittagessen noch nehmen musste (außer den Weg des Reibekuchenteiges, denn der ging unkommentiert in den Abfall), würde hier den eh schon weit überspannten Rahmen sprengen.

Nur so viel:

Beim Gang zum Discounter auf der anderen Straßenseite konnte ich den Damen und Herren direkt vermitteln, wie man Preise vergleicht – am Beispiel von abgepackten Tiefkühlreibekuchen

Lieber Leser,

du hast es geschafft. Du hast das Ende dieses Buches erreicht und dafür möchte ich Dir danken. Ich hoffe, Du hattest genauso viel Freude beim Lesen, wie ich bei Schreiben. Danke, dass Du meinen Weg der Selbsttherapie mit mir gegangen bist.

Es war ein langer Weg bis hierher. Für Dich 96 Seiten zu lesen, für mich Wochen des Schreibens und Gestaltens.

Ich möchte mich bedanken.

Bei der Frau an meiner Seite, die etliche Stunden auf mich verzichten musste und mich doch motiviert hat, weiterzumachen, wenn ich gezweifelt habe. Ich liebe Dich!

Bei den Menschen, die mich darin bestärkt haben, dieses Buch zu schreiben.

Bei den Freunden, die mir mit Rat und Tat zur Seite gestanden haben.

Und natürlich bei Dir, weil Du den Mut hattest, dieses Buch zu kaufen.

DANKE!

Patrick Schraven